AF586861

LA POÉSIE POPULAIRE EN ITALIE

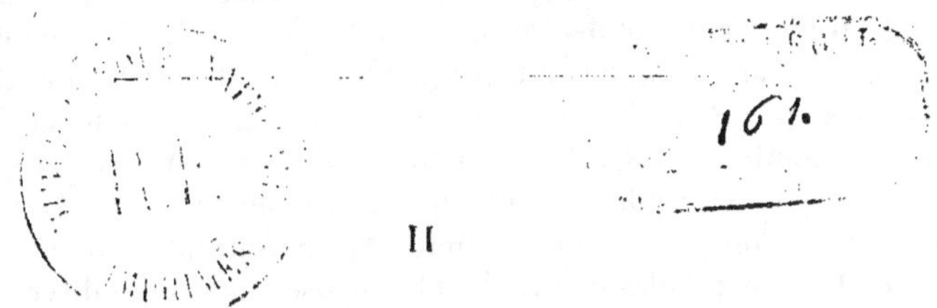

II

CHANTS DES PROVINCES MÉRIDIONALES ET DE LA SICILE.

Il y a plusieurs années qu'un littérateur toscan, Tigri, publia les chants populaires des environs de Florence. Le recueil qui les contient reçut un accueil des plus favorables, non-seulement en Italie, mais dans toute l'Europe, et certes, beaucoup de nos lecteurs ont lu et relu les gracieuses stances connues sous le nom de *rispetti;* mais ces stances ne sont pas propres seulement à la Toscane, et, sous des titres différents, on les retrouve dans presque toute l'Italie.

Si leur forme, leur rhythme, sont à peu près les mêmes dans toute la péninsule, en Sicile et dans les îles Lipari, le fond n'y varie pas non plus considérablement. L'amour, ses espérances, ses peines, ses joies, ses craintes; les femmes, leur beauté, leurs grâces et quelquefois leurs défauts; la jalousie et ses angoisses, les obstacles que rencontrent des sentiments partagés, les souvenirs et les regrets, tel est le thème que la poésie populaire italienne couvre de variations charmantes souvent, mais dont une traduction est inhabile à rendre l'éclat et la fraîcheur. Les grâces natives de ces chants disparaissent même tellement dans une langue étrangère, que le lecteur s'étonnera peut-être de nos éloges, et que la crainte de le lasser m'empêchera de multiplier les citations.

Cette difficulté de traduire convenablement en prose des vers lyriques n'est pas la seule que je rencontre. L'unité d'inspirations dont je parlais tout à l'heure est encore un autre embarras. Elle est si grande, que si je voulais m'occuper successivement des chants des provinces méridionales publiés par MM. Casetti et Imbriani, de ceux de la Sicile, recueillis récemment par MM. Giuseppe Pitrè, Salvatore Salomone Marino et Lizio Bruno, des stances que ce dernier a récoltées ensuite dans les îles Éoliennes et d'autres contrées de la Sicile, les citations que je ferai, les observations dont j'aurai sans doute à les entourer quelquefois, présenteraient d'inévitables redites. Ne vaut-il pas mieux prendre, sans distinction, quelques fleurs dans tous ces odorants bouquets? C'est ce que je pense, et cependant il y a là un inconvénient : cette poésie qui, au premier coup d'œil, peut sembler d'une même teinte, a des nuances assez variées qu'il faudrait distinguer peut-être. Les chants siciliens [1], par exemple, ne paraissent pas, comme caractère général, fort différents des stances toscanes; plusieurs d'entre eux sont même les originaux ou les copies de nombreux *rispetti*. On peut toutefois remarquer dans beaucoup de poésies siciliennes quelque chose de plus ardent comme pensée, de plus énergique comme expression, que dans les autres productions parallèles de l'Italie, et supposer que celles de ces inspirations où le sentiment est le plus exalté, où le style est le plus coloré, ont dû naître dans l'île de feu, l'*isola di fuoco*. Ce sont les mêmes fruits; mais, à mesure que l'on s'avance sous le soleil, ils ont encore plus de saveur et de parfum.

L'amour, je l'ai dit, est le grand inspirateur des chants italiens ; il l'est aussi de beaucoup de nos poésies populaires. Mais malgré ce mobile identique, les uns ressemblent bien peu aux autres. Chez nos poëtes rustiques, le sentiment peut quelquefois être vrai, mais la langue est pauvre, les images sont rares. Dans nos villages, l'amant semble à peine avoir regardé sa maîtresse; il ne parle pas de sa beauté, il ne cherche pas à conserver dans ses vers abrupts le souvenir d'un regard, le charme d'un sourire, à retracer les traits de celle qu'il aime. Il n'a nulle tendance à idéaliser l'amour; il ne lui demande souvent que le refrain grivois d'une ronde joyeuse, ou, si son cœur est sérieusement atteint, il se rend à la mairie et à l'église, et bien vite la maîtresse n'est plus qu'une bonne ménagère qui, dans sa pauvre maison et entourée d'enfants pleurards, regrette, pendant que son mari boit au cabaret, le bon temps où elle était à marier.

En Italie, le sentiment est ardent, bien qu'il s'enflamme peut-être autant dans la tête que dans le cœur. Chez ses poëtes il y a excès de

[1] Ils sont devenus, pour M. Pitrè, le sujet d'une étude fort intéressante d'abord imprimée isolément, et jointe, depuis, au recueil qu'il a publié. J'ai souvent profité de cet excellent travail, ainsi que de la préface dont M. S. S. Marino a fait précéder *la Baronessa di Carini*. Je ne laisserai pas échapper cette occasion de remercier les deux écrivains siciliens de la courtoisie avec laquelle ils ont tant de fois cité mes recherches sur la poésie populaire.

ce qui chez les nôtres fait défaut : il y a surabondance d'enthousiasme, de métaphores, d'hyperboles. L'amant célèbre les yeux, la bouche, le teint brun de sa maîtresse; rien ne lui coûte pour la peindre, la louer, la magnifier. Si chez nous le poëte populaire, comme pour se consoler par les fictions des misères de la réalité, se plaît à étaler des trésors, des titres pompeux, à bâtir des châteaux d'or et d'argent, à faire intervenir des fils de roi et des reines. En Italie, c'est bien autre chose encore, surtout lorsqu'il s'agit de glorifier la femme aimée; les noms les plus grands, toutes les splendeurs que l'amant a entrevues ou rêvées, les anges, le soleil, la lune, les étoiles, remplissent les stances qui lui sont consacrées. Dans le sentiment qu'elle inspire il y a comme un souvenir de l'amour chevaleresque. Du reste — et c'est un fait à noter — ce ne sont pas les jeunes hommes seuls qui s'expriment avec cette exaltation; l'amour qu'ils provoquent, les jeunes filles osent le redire avec non moins de véhémence; elles l'osent, parce que ces passions ont quelque chose de chaste et d'élevé. Il y a du Pétrarque dans toute cette poésie populaire. Pétrarque a béni l'année, le jour, le mois, l'heure où Laure lui est apparue pour la première fois. Un poëte sicilien, imité par beaucoup de ses confrères, n'est pas moins prodigue de ses bénédictions : « Bénis soient le Dieu qui t'a créée, la mère qui t'a mise au monde, le père qui t'a engendrée, le parrain, la marraine qui t'ont tenue sur les fonts, le prêtre qui t'a baptisée, l'eau, le sel dont il s'est servi; béni qui t'a élevée, car tu fus élevée pour mon bonheur. »

Il faut voir de quels prodiges a été entourée la naissance de toutes les belles chantées par ces poëtes enthousiastes. L'un d'eux dira que quand sa maîtresse naquit, la soleil et la lune firent fête; que Rome, et Naples, et Messine se réjouirent; qu'elle eut pour marraine une reine, pour parrain un roi; qu'elle naquit dans l'octave du Seigneur. Un autre dira que trois aigles prirent leur vol pour annoncer au monde la naissance de son amie; que Dieu l'envoya du ciel pour consoler le monde. Dante a exprimé la même idée dans sa *canzone :*

Donne ch'avete intelletto d'amore.

dont on retrouve — remarquons-le en passant — le premiers vers dans un chant sicilien.

Les cheveux de la femme aimée sont d'un or filé par les anges; son front est un diamant; ses yeux ont été faits pour regarder le paradis; ses sourcils sont des arcs de triomphe, sa peau est de soie d'Amalfi. La terre tremble à l'endroit où elle passe et se couvre de fleurs; l'église resplendit quand elle y entre; le soleil est jaloux de son éclat; quant à la lune, elle serait bien audacieuse, si elle voulait se comparer à elle :

« La lune est blanche, vous êtes un peu brune; elle est d'argent, vous êtes d'or; elle reçoit la lumière, vous la donnez. La lune décroît, vous croissez toujours; elle s'éclipse, vous ne vous cachez jamais... Vous triomphez de la lune : c'est soleil, et non pas lune, que vous vous appelez. »

Vous êtes un peu brune... bien des chants italiens, et siciliens surtout, sont en l'honneur des joues dorées par le soleil, et se rapprochent de certaines *coplas* andalouses : « La neige est blanche, mais on la foule aux pieds; le poivre est noir, mais il est en grande estime; la terre noire est celle qui produit les plus belles récoltes. » On retrouve cette dernière idée dans un de nos vieux poëtes, Remy Belleau :

Il est brun, mais la terre brune
Tousiours porte les beaux épis.

Comment la nature a-t-elle pu donner à leurs maîtresses tant d'attraits? Voilà ce que se demandent bien des amants italiens, et entre autres un poëte de Chieti :

« Dis-moi, Cupidon, à quelle école es-tu allé? Comment as-tu pu former cette belle? Dis-moi, avec quel pinceau l'as-tu peinte? Où as-tu pris ces fraîches couleurs? Où as-tu pris ce beau visage? Comment as-tu pu faire ces yeux noirs? Tu as composé ma maîtresse des plus charmantes choses, mais tu lui as donné un cœur trop dur. »

On pense bien qu'au milieu de toutes ces hyperboles, les cheveux qui deviennent des chaînes, les yeux qui volent des cœurs, et les cœurs échangés, ne manquent pas. S. S. Marino a rapporté le songe d'un amant qui se voit dans une église mort, ainsi que sa bien-aimée. Des chirurgiens font la dissection de son corps, et sont fort surpris de ne pas lui trouver un cœur; mais ils en trouvent deux dans la poitrine de sa maîtresse. Ce chant bizarre existe aussi en Sardaigne. A Naples, un amant reproche à sa maîtresse de lui avoir pris son cœur. Il ne peut vivre sans en avoir un : il est juste qu'elle lui donne le sien. Une poésie andalouse roule sur le même sujet : « Comme j'ouvris sans précaution ta lettre, maître chéri, ton cœur en tomba; mais il tomba dans mon sein, et je lui donnai asile. Je ne puis pourtant avoir deux cœurs : je t'envoie le mien, et le tien reste avec moi. »

Ces échanges de cœurs sont du reste bien vieux en Sicile. Un des plus anciens poëtes de cette contrée, Marco da Richo, écrivait, au treizième siècle, à sa dame : « Je vous envoie mon cœur; il part et reste avec vous, il ne veut pas revenir; je vous le recommande. Ne lui faites ni tort ni mal, ma dame, mais envoyez-moi votre cœur, amoureux comme le mien. »

Mais voilà assez d'exagérations. Passons à quelques vers d'un ton plus simple. Le lecteur voudra bien se rappeler que chaque stance forme un tout :

« Quand je te vois à la fenêtre avec cette bouche souriante, tu me fais devenir fou au point que cela étonne tout le monde. Plus je te regarde, plus tu me sembles belle, car tu es comme une étoile à l'Orient. Si je pouvais te parler une seule fois, je serais heureux toute ma vie. »

« Je suis devenu amoureux de votre pied quand, dans un bal, je vous ai vu danser. Avec votre petite main vous teniez votre tablier, et quels mouvements vous saviez faire! O Dieu! si je vous avais pour femme, toujours au bal je voudrais vous mener ! »

« Je l'ai laissée gémissant et pleurant, triste elle était assise devant sa porte; quand je touchai sa main blanche, elle l'avait froide comme la neige et elle était absorbée. Elle me dit ensuite : — Est-ce vrai que tu pars? Mes peines, à présent, qui les soulagera? Long est le chemin, qui sait quand tu reviendras? A ton retour, je ne te verrai plus, je serai morte! »

« O Dieu! quelle peine vous me donnez! J'ai une langue et je ne puis parler, je passe devant ma maîtresse, je la vois et ne la puis saluer! O Dieu du ciel, ô Vierge Marie, dites-moi ce que j'ai à faire! Je la regarde, elle me regarde; ni elle, ni moi, ne pouvons nous parler. »

Une stance des environs de Rome, que l'on retrouve dans les chants des provinces méridionales, exprime une pensée souvent redite depuis et avant la délicieuse pièce de Ronsard :

Mignonne, allons voir si la rose...

« Souviens-toi que tu es mortelle, toi qui es si fière de ta beauté. Le printemps l'emporte sur toutes les saisons, c'est vrai, mais il dure peu. La rose est bien belle, elle est sans pareille, mais dans un tour du soleil il faut qu'elle périsse. »

Puisque nous en sommes aux roses, citons encore cette jolie stance connue en Sicile comme dans d'autres parties de l'Italie, et à laquelle nous ne garantissons pas d'ailleurs une origine tout à fait populaire :

« La rose, respirée par beaucoup de personnes, perd l'odeur et change de couleur, de sorte qu'elle se voit abandonnée et que celui qui l'estimait tant la repousse; la beauté est plus estimée quand elle est possédée par un seul amant; mais quand, pour beaucoup, elle se montre agréable, elle perd son prix et n'a plus de valeur. »

Cela ne rappelle-t-il pas une charmante comparaison dont l'Arioste a fait deux octaves : « La jeune fille est semblable à la rose... »

La Verginella è simile alla rosa...

Quelquefois, mais fort rarement, on trouve dans les poésies lyriques italiennes quelques vagues ressemblances avec nos chansons rustiques ; sans doute ces ressemblances prouvent seulement que les beaux esprits ne sont pas seuls à se rencontrer. Quand un amant sicilien déclarait que si on voulait le faire roi et lui prendre sa maîtresse, il répondrait :

Vogghiu a Turridu nun vogghiu curuna.

« Je veux Turridu, je ne veux point de couronne », il ne se doutait certainement pas qu'un Français avait dit mieux que lui au seizième siècle :

Je dirai au roi Henri :
Reprenez votre Paris,
J'aime mieux ma mie,
O gué !
J'aime mieux ma mie,

Un poëte des iles Éoliennes a dit :

Non pozzu amari a iautra si no a tia
Ritradieddu di tia mi vogghiu fari
Mi mi lo portu lo jornu cu mia.
Quannu cu tia non pozzu ragiunari
Varda la to' ritrattu e su' cu tia.
(*Canti delle isole eolie*, p. 117.)

« Je ne puis aimer un autre que toi. Je me veux faire de toi un petit portrait que je porterai tout le jour. Ne pouvant te parler, je considérerai ton portrait et me trouverai avec toi. » C'était à son insu que ce poëte répétait ce qui se chante ou se chantait dans bien des villages de France, et avec non moins de grâce :

Je ferai faire un' belle image,
Semblable à vous, mes chers amours,
Je la mettrai dans ma pochette,
Je la bais'rai cent fois par jour.

Quand un autre Sicilien désirait être petit oiseau pour se poser sur l'épaule de sa maîtresse et lui murmurer de douces paroles à l'oreille, il ne pensait guère qu'un paysan de l'Angoumois avait fait un souhait semblable :

Si j'étais petit oiseau
Que je saurais voler...

Quelques stances sur les mal mariés sont celles qui se rapprochent le plus de nos chants populaires. Là, on ne peut guère croire non plus à une imitation, on doit penser plutôt qu'une situation identique a produit quelquefois des vers presque semblables. On trouve aussi, dans les poésies italiennes, quelques pièces sur les petits hommes, en général elles sont apologétiques : le petit homme se console de l'exiguïté de sa taille en parlant de choses petites et qui ont du prix. Une stance toscane est cependant écrite dans le ton satirique de notre *Petit mari*, vieille chanson citée déjà comme ancienne dans le *Roman comique*. Les petites femmes ont aussi inspiré plus d'une stance: mais là l'inspiration est tout élogieuse : « Petit est l'œillet et il répand tant d'odeur; plus petite la rose et elle a tant de parfum. Petite est la lune et elle donne tant de clarté, plus petites sont les étoiles et elles brillent tant. Tu es petite et tu aimes, plus petit je suis encore et mon amour est si grand. Petit est le pinceau du peintre, et il a reproduit toute ta beauté si grande. »

Tous ces poëtes sont trop galants pour répéter une facétie souvent redite au moyen âge, débitée, dit-on, dans l'antiquité, par Archidamus, roi de Sparte, et dont l'archiprêtre de Hita fit son profit. Le joyeux poëte espagnol a terminé un éloge de petites femmes en disant que des maux il fallait choisir le moindre.

Il y a des choses, des noms, des pays pour lesquels la poésie populaire a une affection particulière. Dans beaucoup de nos chants rustiques, il est fait mention de la Flandre, de l'Angleterre, de Londres. Pour la Sicile, autres sont les préoccupations. C'est Marseille, c'est Rome, c'est l'Orient qui reviennent souvent dans ses vers. C'est à Rome que le pèlerin va demander l'absolution de ses fautes, c'est à Rome qu'est le palais dont il veut faire cadeau à sa maîtresse, c'est à Rome qu'habite le peintre chargé de faire le portrait de sa bien-aimée. L'Esclavonie a aussi frappé les poëtes siciliens. Ils y placent trois fontaines dont les eaux confondues forment un puissant philtre amoureux. Le sultan apparaît au Sicilien comme le type de la toute-puissance. Les réminiscences chevaleresques sont peu nombreuses : Maugis, Morgane, Roland sont cependant rappelés dans le recueil de M. Pitrè; dans celui de MM. Casetti et Imbriani, il est fait mention de Morgane aussi, d'Iseult-la-Blonde et de Blanchefleur auxquelles un amant compare sa maîtresse. Il cite une autre belle, Camiola, qui n'appartient pas au monde chevaleresque. Quelle était cette Camiola mise en si bonne compagnie? Une noble dame de Messine. Elle racheta de la captivité Roland d'Aragon, à condition qu'il la prendrait pour femme. Celui-ci ne voulait plus tenir sa promesse et ne s'y décida que sur une sentence du roi son frère ; mais Camiola, indignée, refusa l'inconstant devant l'autel même.

Quelques chants siciliens conservent la trace d'anciens usages, du baptême par immersion, de cérémonies usitées jadis à l'occasion des noces. Les nombres impairs, comme partout dans des productions analogues, apparaissent fréquemment dans les chants siciliens. Un amant veut faire trois fois le tour du monde, un autre veut que son cœur soit divisé en trois morceaux, trois fontaines d'amour coulent, trois roses pendent à un rosier, trois ans le prisonnier est privé de soleil. Une jeune Sicilienne a été baptisée dans neuf fontaines, elle demande que neuf torches éclairent la messe de son mariage ; neuf sont les fées qui lui obéissent, neuf sont les sœurs qui la servent. Dante avait remarqué l'influence que le nombre neuf avait sur la destinée de Béatrice et s'était livré à ce sujet aux recherches les plus subtiles. En tête des *Siete partidas*, don Alphonse X s'efforce de prouver la bonté du nombre sept dont saint Augustin s'est aussi occupé dans la *Cité de Dieu*, et sur lequel, dans sa *Philosophie occulte*, Agrippa a écrit tout un chapitre. On peut sans doute faire remonter à une origine érudite le goût que, comme les dieux, la poésie populaire éprouvait pour les nombres impairs.

Quels furent les auteurs de tous ces chants? Ils sont restés inconnus et appartinrent aux basses classes. Cependant il semblerait que, plus d'une fois, ils subirent l'influence de poëtes plus érudits, et, à ce sujet, je laisserai parler un excellent juge, M. Milà y Fontanals, qui a examiné dernièrement un des recueils qui nous occupent ici : « M. Pitrè, par quelques-unes de ses observations, confirme le doute qui nous est venu en parcourant pour la première fois les poésies siciliennes. Il dit, par exemple, que certains *rispetti* toscans sont le produit de la lecture, ce qui amène à supposer une même influence, peut-être moins directe, dans quelques-uns des chants siciliens... » Des allusions mythologiques, qui cependant n'ont rien de très-décisif dans une contrée aussi imprégnée de l'antiquité, la régularité du rhythme, font encore pencher vers cette opinion M. Milà y Fontanals qui conclut ainsi : « De tout cela, sans nier en aucune façon que la forme des *canzoni* ou une autre approchant soit originaire du peuple, qu'un grand nombre de ces *canzoni* sont dues à des personnes peu ou point lettrées et contiennent des éléments franchement populaires, on peut, à notre avis, avancer sans témérité, qu'elles forment dans leur ensemble un genre mixte qui n'est pas pour cela moins digne d'attention, d'étude et parfois d'admiration[1]. »

[1] *Diario de Barcelona*, numéro du 29 juin 1871.

Cette opinion a été combattue d'une manière toute courtoise, d'ailleurs, par M. G. Pitrè ; mais il ne peut entrer dans notre plan d'exposer les arguments qui font le sujet d'une lettre très-intéressante adressée par ce dernier écrivain à M. Milà y Fontanals, et qui a paru dans la cinquième livraison de la *Rivista filologico-letteraria*, et ensuite dans un nouveau volume de M. Pitrè : *Studj di poesia popolare.* L'auteur, dans un autre livre : *Le lettere, le scienze e le arti in Sicilia negli anni* 1870-71, s'est trouvé encore ramené à la question des influences littéraires sur la poésie populaire sicilienne, c'est à propos de l'impression d'un ancien poëte, Paolo Maura. On rencontre dans ses œuvres des vers, des stances que chantent encore aujourd'hui les paysans de la Sicile. « Mais qui peut assurer que ces vers aient passé de Maura au peuple, dit M. Pitrè, ne peut-on pas croire aussi bien qu'ils ont passé du peuple à Maura. » Et c'est ce que M. Pitrè semble disposé à admettre d'autant mieux que parmi les poésies de Maura on remarque une stance de Veneziano, mort plus de vingt ans avant la naissance du poëte dont les œuvres ont provoqué cette observation.

Un autre point difficile à expliquer, c'est la ressemblance très-grande qui existe entre beaucoup de *rispetti* toscans et un grand nombre de chants siciliens. Lequel des deux peuples a été imitateur? endant longtemps la Sicile a été considérée comme ayant eu l'honneur de produire les plus anciens poëtes de la langue italienne :

..... I Siciliani
Che fur' già primi...

disait Pétrarque. Durant bien des années les critiques, Muratori, Tiraboschi, Ginguené, Diez, Ozanam, ont adopté cette opinion et l'ont souvent étayée de quelques lignes empruntées au *De vulgari eloquio* de Dante ; mais, de nos jours, Fauriel a cherché à donner à ce passage un sens moins explicite. Suivant lui, Dante aurait seulement voulu dire que les premières compositions poétiques en langue italienne qui firent école, furent composées à la cour de Sicile, et non que l'Italie n'avait pas alors déjà produit des poëtes. Cette opinion, très-honorable encore pour la Sicile, a été combattue récemment par M. Vincenzo di Giovanni [1]. Il tient à prouver que les troubadours siciliens furent les premiers en date comme en mérite. Il pense qu'ils précédèrent et qu'ils guidèrent les Toscans, que leur langue dérivait de l'osque, le plus ancien dialecte de l'Italie ; qu'il existait entre l'osque et l'étrusque de grandes analogies, et que beaucoup des imi-

[1] *Filologia e letteratura siciliana.*

tations qui nous frappent remontent sans doute bien loin. Une influence sur laquelle M. di Giovanni a écrit des pages fort intéressantes et dont on retrouve en Sicile des traces très-réelles, c'est l'influence orientale. On se l'explique parfaitement en se rappelant l'histoire de la Sicile. La poésie arabe y fleurit même après l'expulsion des Sarrasins, même à la cour ds rois normands; Ibn Kalakis vint offrir ses vers à Guillaume II et au prince Abul' Kasim, qui résidait près de ce dernier. La poésie populaire sicilienne, comme la poésie populaire andalouse, avec laquelle elle a souvent des ressemblances, a donc pu retenir quelque chose des inspirations orientales. M. G. Paris a cité dans la *Revue critique*, d'après M. Lafuente, un chant recueilli dans le Maroc :

« Tes cheveux sont la nuit, tes sourcils des croissants de lune; ton visage un miroir ineffable; il n'y a point de bouche comme la tienne. La douceur de ta bouche est la douceur du miel, et dans tes lèvres riantes est l'ambre, l'ambroisie et le sucre. »

Cela ne paraît-il pas traduit de stances siciliennes ou de *coplas* andalouses? Il semble, du reste, qu'en dehors de cette source orientale où les deux peuples ont pu puiser, il y a entre leurs poésies populaires d'autres ressemblances encore, et il serait peut-être facile de saisir aussi dans les chants siciliens des traces de l'occupation espagnole. J'ai eu l'occasion de signaler déjà quelques-unes de ces similitudes, et il y a quelque temps j'en faisais remarquer d'autres encore dans une revue de Palerme[1]. J'y disais que les Italiens, comme les Espagnols, mêlent souvent à l'expression de passions toutes mondaines, des allusions, des comparaisons qui nous sembleraient sacriléges à nous, hommes du Nord, mais qui chez eux, comme chez beaucoup d'écrivains du moyen âge, révèlent plutôt une préoccupation constante de toutes les choses qui tiennent à la religion, et, malgré leur inconvenance, dénotent moins l'impiété que la foi.

Nombreuses sont, dans les chants italiens, les confessions d'amants à des papes, à des cardinaux, et les réponses souvent plus qu'indulgentes des confesseurs. On trouve la même donnée en Andalousie.

El querer que te tengo,
Lo he confesado,
Y el confesor me ha dicho
Que no es pecado.

« L'amour que j'ai pour toi, je l'ai confessé; le confesseur m'a dit que ce n'est pas un péché. »

[1] RIVISTA SICULA. Agosto 1871. *Della letteratura popolare dell' Andalusia*. p. 186.

Un prédicateur, — et suivant MM. Casetti et Imbriani ce serait Savonarole, dont la poésie populaire aurait gardé le souvenir, — est toutefois un peu plus dans la dignité de son caractère que les prêtres trop faciles inventés dans des chants composés sur cette donnée. Les paroles qu'on lui prête sont, ailleurs, mises dans la bouche d'un voyageur tantôt venant de Florence, tantôt venant de France :

L'amor comminicia con suoni e canti,
E poi finisce con dolori e pianti.

« L'amour commence avec la musique et les chants, il finit avec la douleur et les larmes. »

Ce voyageur aurait pu aussi venir d'Espagne ; on y chante :

Yendo e veniendo,
Fuime enamorando,
Empeze riendo,
Y acabe llorando.

« Allant et venant, je devins amoureux ; je commençai en riant, je finis en pleurant. »

Au nombre des chagrins causés par l'amour, et des plus cuisants, on doit compter la jalousie. Elle a, ainsi que le dépit qui en est la suite, inspiré en Sicile de nombreux chants où la femme, ailleurs tant glorifiée, est en butte à de rudes attaques dans lesquelles plus d'un poëte s'amuse à jouer sur les mots *donna*, *dannu*, dame, dam. Juvénal n'a pas plus malmené le beau sexe que ne le fait la muse rustique sicilienne ; mais elle ne cite pas Juvénal, que sans doute elle ne connait pas ; elle s'appuie cependant sur le nom de Cicéron, resté très-populaire dans l'île de feu. Pourquoi ? *Chi lo sa?* Peut-être, dit M. Pitrè, pour avoir pris la défense des habitants de cette île contre Verrès. S'il en est ainsi, les Siciliens sont bien le peuple le plus reconnaissant de la terre.

La satire, du reste, ne s'arrête pas aux femmes ; elle est très-vive contre les médisants dont les indiscrétions troublent les amants ; elle s'attaque très-âprement aussi à certains métiers. Ailleurs, elle est quelquefois politique. Je ne m'arrêterai pas aux vers divers écrits sous cette inspiration acrimonieuse ; je dirai cependant que le recueil des chants méridionaux offre une pièce assez curieuse contre notre Charles VIII.

De chants vraiment historiques, il n'y en a que de modernes dans les poésies du midi de l'Italie ; mais, dans les chants siciliens, les allusions à des hommes ou à des événements du passé sont assez fréquentes. Sont-elles toujours les contemporaines de ces personnages et de ces faits ? Faut-il penser, avec M. Pitrè, qu'une stance où semble être rappelée une loi de Robert Guiscard remonte au temps de ce roi? qu'une autre stance, où se trouve le mot *Ciceri*, appartienne à l'époque même des Vêpres siciliennes? On ne peut guère, sur ce point, se livrer qu'à des conjectures; mais quel que soit le tact critique dont M. Pitrè a donné tant de preuves, il est permis de se méfier un peu d'un certain amour-propre national. L'opinion de cet écrivain est toutefois celle que M. Salvatore Salomone Marino a émise aussi dans une intéressante étude : *La Storia nei canti populari siciliani.* L'auteur dit que si, dans sa patrie, les chants réellement historiques font défaut à peu près, on possède beaucoup de pièces qui, par un vers, un mot touchant à d'anciennes lois, à de vieilles coutumes, révèlent leur antique origine, qui ont pu être altérées par la transmission orale, mais qui semblent venir de fort loin, de l'époque sarrasine, de la domination normande. Si j'ai, je l'avoue, des doutes à l'égard de dates aussi reculées, je suis tout disposé à admettre qu'une petite pièce où il est question de l'*affaire de Sciacca* a pu être composée peu de temps après un sanglant épisode dont les Siciliens ont été assez frappés pour y trouver le sujet d'une expression proverbiale. Deux Siciliens se disputent pour une chose de peu d'importance; survient un homme plus calme. « Allons, leur dit-il, de pures niaiseries vous faites une affaire de Sciacca » Quel événement a donné lieu à cette locution? M. Marino nous l'apprend. Un baron nommé Perollo était seigneur de Sciacca, il avait pour ennemi le comte de Luna di Castabellotta. Celui-ci, à la tête d'une bande de malandrins, vint attaquer Perollo, le fit prisonnier, le tua, pilla et brûla Sciacca. Après cet acte barbare, Luna se réfugia à Rome, près de son oncle Clément VII; mais il ne put obtenir sa grâce de Charles-Quint et se jeta dans le Tibre.

Cette affaire de Sciacca eut lieu en 1527. La pièce qui y fait allusion peut fort bien être contemporaine de l'événement. Un autre épisode qui a causé en Sicile une grande émotion, c'est le mort de la baronne, ou, comme dit le peuple, de la princesse de Carini. Le 4 décembre 1563, Pietro Vincenzo II, seigneur de Carini, tua sa fille Catarina La Grua Talamanca, coupable d'une liaison amoureuse avec son cousin Vincenzo Vernagallo, appelé aussi don Asturi. On voit encore, dans une tour du château de Carini, l'empreinte d'une main sanglante qu'en fuyant Catarina appliqua sur la muraille. Ce meurtre a fourni le sujet d'un poëme dont 262 vers nous sont parvenus. L'auteur de ce poëme est resté inconnu; mais divers passages indiquent qu'il était attaché au service de la baronne, et qu'il dut composer son œuvre peu après la catastrophe. Cette œuvre, bien que fort répandue dans le peuple sicilien, n'est pas d'une facture tout à fait populaire. Si son auteur était habitué à vivre dans les basses classes, si même il écrivait pour elles, il n'était pas dépourvu de toute érudition. En plusieurs endroits, il laisse deviner qu'il connaissait les classiques latins et italiens, et qu'il tâchait de les imiter. La réputation de ce petit poëme est grande en Sicile. L'homme du peuple à qui vous en parlez, — raconte M. S. S. Marino, — vous répond : « C'est la chose la plus belle, la plus émouvante qu'on ait jamais entendue. » Malgré cette vogue, M. Marino, premier éditeur de la *Baronessa di Carini*, a eu beaucoup de peine à se procurer les fragments qu'il a réunis. Ces difficultés s'expliquent par la longue crainte d'offenser une famille puissante et par une espèce de commisération étrange. Bien des jeunes filles, interrogées par M. Marino, lui murmuraient de mauvaise grâce les vers où l'on peint Catarina en enfer; elles ne voulaient pas, disaient-elles, augmenter les douleurs de cette pauvre âme condamnée au feu éternel.

Analysons sans trop nous presser, ce poëme resté si célèbre chez le peuple sicilien.

« Palerme pleure, Syracuse pleure, à Carini le deuil est dans chaque maison. Celui à qui arrive la nouvelle douloureuse ne peut plus avoir de paix. J'ai l'esprit bouleversé, le cœur me manque, tout le sang s'y porte. Je voudrais, dans un petit chant respectueux, pleurer le soutien de ma famille, la meilleure étoile qui sourit au ciel, âme innocente et sans voile, la meilleure étoile des séraphins, la pauvre baronne de Carini ! »

Les beaux yeux de Catarina sont fermés pour jamais. Ce qu'elle est les auditeurs du poëte le seront bientôt ; qu'ils pensent à elle, qu'ils fassent des aumônes, ils ne tarderont pas à la rejoindre. Suit une apostrophe aux montagnes, au soleil, à la lune. Que tout prenne le deuil. Mais aux larmes doit se mêler un espoir, l'espoir de la vengeance. Ce sang qui est resté sur la muraille crie à Dieu.

Le récit commence par quelques vers fort plats et nullement dans le style un peu emphatique du reste de l'œuvre. Ils semblent une interpolation plus populaire. Le poëte parlant de l'amour qui unit Catarina et son cousin D. Asturi, dit ensuite : « Cette fleur naquit avec les autres fleurs, au moment où le mois de mars entr'ouvre tous les bourgeons. » Les deux amants étaient heureux, mais leur sort devait bien vite changer. Pietro Vincenzo, le père de Catarina, venait de rentrer à Palerme, fatigué par la chasse, il se reposait, quand un méchant moine se présenta à lui et, avec un mauvais sourire, lui raconta ce qui se passait à Carini. Vincenzo furieux monta aussitôt à cheval et suivi d'une nombreuse escorte se dirigea vers le château habité par sa fille.

« Une splendeur incarnate descendait sur la mer et le sommet d'Istrica. L'hirondelle vole et gazouille et s'élève vers le soleil pour le saluer, mais un épervier lui barre le passage. Craintive elle regagne son nid et à grand' peine échappe à l'oiseau de proie. Une terreur semblable, un pareil effroi saisissent la baronne de Carini. Elle était appuyée sur un balcon où elle prenait plaisir et passetemps, les yeux au ciel et l'esprit tout à l'amour, terme constant de ses désirs : — Je vois venir des cavaliers, c'est mon père qui vient pour moi ; je vois venir des cavaliers, c'est mon père qui vient peut-être pour me tuer : Seigneur mon père, que venez-vous faire ici ? — Madame, ma fille, je viens pour vous tuer. — Seigneur mon père, attendez un peu que j'appelle mon confesseur. — Il y a tant d'années que tu ne t'es confessée et à présent tu veux chercher un confesseur. Ce n'est pas le moment de se confesser et moins encore de recevoir des amants. Et en disant ces amères paroles il tira son épée et lui traversa le cœur. »

La nouvelle du meurtre se répand partout et cause une émotion que le poëte éprouve plus que tout autre et qu'il voudrait mieux peindre : « Et je n'ai pu t'orner de fleurs ! et je n'ai pu voir ton visage ! et je n'ai pu m'agenouiller devant ton cercueil ! Mon pauvre esprit, prends des ailes et peins toutes ces amères douleurs. » A la fin de cette lamentation arrivent quelques vers faits pour indiquer quelle protection l'auteur du poëme trouvait chez la baronne : « Ma barque reste hors du port, sans pilote au milieu de la tempête, ma barque reste hors du port, la voile déchirée et le pilote mort. » Il revient ensuite à la scène même de l'assassinat : « O douleur amère de cette pauvre malheureuse ! Quand elle ne trouva d'aide nulle part, éperdue elle cherchait des amis, elle courut de salle en salle criant : Au secours ! habitants de Carini, au secours ! au secours ! on veut me tuer. — Toute la Sicile fut en rumeur, la nouvelle battit des ailes dans tout le royaume, mais elle recula devant don Asturi. Qui eût voulu lui donner un tel coup dans la poitrine ? » Il erre la nuit sous le balcon, mais tout est silencieux. Il s'étonne de voir les fenêtres fermées, il pense que sa maîtresse est malade, la mère de celle-ci apprend à don Asturi que Catarina est morte. Cette situation fait le sujet de nombreuses variantes tant en Sicile que dans le reste de l'Italie. Don Asturi rencontre ensuite la Mort, elle lui demande où il va, il répond qu'il cherche sa bien-aimée. La Mort lui dit, ce qu'il doit savoir déjà, que Catarina n'existe plus. Don Asturi se rend au monastère de San Francisco à la Biata où sa maîtresse a été enterrée. Il s'adresse au sacristain et le prie de lui laisser revoir une fois encore la baronne.

Une lacune interrompt le poëme, quand il reprend nous voyons don Asturi en enfer et ce qui suit se retrouve non-seulement en Italie, mais encore dans une chanson normande, un chant breton et une chanson messine. Il est probable pourtant qu'avec ces trois dernières pièces, le hasard seul a créé des ressemblances qui sont toutefois très-grandes. C'est toujours don Asturi qui parle : « Tout alentour, tout alentour, le feu était allumé et au milieu mon amante brûlait et le vent qui souffle là continuellement[1] ne suffisait pas à la rafraîchir, elle me dit : — Cœur scélérat, voilà la peine que j'endure pour toi ! Que ne t'ai-je fermé la porte quand je te dis : entre, ma chère âme. — Et je lui répondis : Si je ne t'avais pas tant aimée, le monde ne serait pas mort pour moi, ouvre ma poitrine et tu y verras gravé le doux nom de Titidda (diminutif de Catarina). »

La dernière partie du poëme est fort incomplète. Nous y voyons seulement, en dépit des lacunes, que don Asturi se propose de se retirer dans la solitude et de mener une vie de pénitence, que Carini abandonné devient la résidence favorite des fantômes et des bandits et que Pietro Vincenzo, le père de Catarina, éprouve les plus affreux remords.

Telle est la marche de ce poëme dont quelques passages ont de réelles beautés. Un critique italien, M. de Gubernatis, a prétendu qu'un événement véritable ne faisait pas le fond de ce chant ; que cette histoire prétendue n'était qu'une légende propre à toute l'Italie, mais M. S. S. Marino qui avait déjà fait suivre le poëme d'éclaircissements historiques peu contestables, a découvert, depuis la publication de son livre, de nouvelles preuves de la réalité des personnages qui eurent un rôle dans ce tragique épisode et entre autres documents, le testament de don Asturi daté du 22 septembre 1582 et qui est aujourd'hui entre les mains du baron Vernagallo, prince de Palti, de la famille à laquelle appartint l'amant de Catarina. Don Asturi, comme le faisait pressentir le poëme, avait embrassé la vie religieuse et mourut dans un couvent de Madrid.

Ce chant m'a entraîné loin des stances lyriques, j'aurais pourtant voulu parler de quelques-unes encore, de celles que chantent les prisonniers entre autres, j'aurais voulu aussi citer quelques *ciuri* (fleurs) sortes d'improvisations qui n'ont que deux ou trois vers et que d'ailleurs on rencontre sur d'autres points de l'Italie, mais il est trop tard pour retourner sur mes pas et puisque me voici arrivé à la poésie narrative, je vais ouvrir le second volume du beau recueil de M. Pitrè où elle est largement représentée. Ce volume ne lui est cependant pas consacré tout entier. Il débute par des berceuses, par des chants enfantins, tels que l'amour des mères en invente dans tous les pays. Viennent ensuite sous le titre d'*Orazioni*, de *Ru-*

[1] La bufera infernal che mai non resta.

Inferno, c. V.

sarii, de *Cose di Diu*, des petites pièces qui malgré l'un de leurs titres ne sont pas tout à fait des choses de Dieu et indiquent souvent des préoccupations fort terrestres. Telle est l'invocation qu'une jeune fille adresse à saint Antoine pour qu'il s'occupe de son mariage, à saint Pascal pour que ce mariage se fasse promptement, au puissant saint Onufre pour qu'il trouve à la postulante un jeune et beau mari. La Sicilienne irritée contre son amant, s'adresse particulièrement aux saints dont la tête a été tranchée et leur demande, non la mort du coupable, mais un châtiment qui le lui ramène repentant. La jeune fille qui a besoin d'une dot prie saint Pantaléon de lui révéler quels numéros elle doit prendre à la loterie. Cette curieuse série se termine par des conjurations propres à éloigner les voleurs, les infirmités et toutes sortes de maux. Les *'nnimini* qui suivent sont des énigmes, des *devinailles*, comme les appelaient nos vieux écrivains. M. Pitrè n'en a pas donné un grand nombre, il a reculé devant les équivoques grossières que ces énigmes offrent souvent, mais un de ses savants amis, M. F. Liebrecht, a pu sans craindre les inconvénients que ces devinailles auraient présenté dans un livre d'un accès trop facile, en publier une certaine quantité dans un recueil spécialemnt destiné aux érudits, le *Jahrbuch für romanische Literatur*.

Les *arii* qui succèdent aux énigmes peuvent très-exactement être comparés à nos chansons. Le rhythme en est rapide ; ils n'ont que peu de couplets, roulent sur l'amour surtout, daubent les vieilles gens. Les *arii* ne sont évidemment pas d'origine sicilienne ; ils pourraient être venus de la Provence, mais empruntent quelquefois le ton propre aux inspirations indigènes de l'île de feu. Quelques-uns de ces *arii*, comme beaucoup de nos chansons, se coupent en dialogues et cessant de s'inspirer simplement de sentiments, roulent sur un fond épisodique, et se confondent avec ce que les Siciliens nomment des *storii*. *La fille qui veut un mari* rappelle la chanson du *Rémouleur*, publiée par M. Champfleury ; *le Retour de l'amant prisonnier* fait songer à toutes les arrivées intempestives de fiancés et de maris dont abonde la poésie populaire de tous les pays. A cette catégorie de chants appartient encore la pièce, *les Pirates*. Mais là, la couleur locale — comme on aurait dit il y a quelques années — est beaucoup plus prononcée. Ce sont les plaintes d'un pauvre amant à qui de maudits Turcs ont enlevé sa maîtresse. Il appelle à l'aide ; il crie : Vengeance contre les ravisseurs !

Les chants épiques véritables, les *storii*, ne ressemblent pas aux petits poëmes narratifs du nord de l'Italie. Ces petits poëmes, dont plusieurs semblent fort anciens, auraient pu cependant être transmis à la Sicile par une colonie de Lombards fixée, il y a des siècles, dans une partie de cette contrée. Les descendants de ces Lombards ont, chose curieuse! conservé le dialecte de leurs ancêtres. Les habitants de Piazza, de San Fratello, de Nicosia, d'Aidone, s'expriment encore entre eux dans cette langue, ce qu'ils appellent parler *dumbard*, et savent, avec leurs voisins qui auraient de la peine à la comprendre, employer le *datin*, comme ils disent, en donnant le nom de latin à l'idiome de la Sicile. Ces Lombards ont leurs chants populaires, dont les pensées et le rhythme sont imités des poésies aborigènes: mais M. Pitrè n'a pu, parmi eux, arriver à la découverte d'aucun chant épique dans le genre de ceux qu'a réunis M. Ferraro, et dont nous nous sommes occupé dans un premier article.

Ces petits poëmes épisodiques ne semblent, du reste, propres qu'au nord de l'Italie. On ne les rencontre déjà plus en Toscane. Là, des productions, qui cependant sont dans les mains du peuple, offrent des récits vrais ou fabuleux, l'histoire de brigands célèbres, les aventures de Guérin le Meschin. la mort de Buondelmonte; mais selon Tigri, ils ont été composés à des époques récentes, par des rimeurs de profession, et n'ont rien d'une inspiration primitive vraiment populaire. Ce que je connais de la campagne de Rome est dans le même goût. On y répète des histoires de bandits qui débutent avec autant de pompe que la *Jérusalem délivrée*, et Orphée, Attila, Tancrède, Roland, y sont devenus les héros d'œuvres quasi artistiques.

Il paraît que la Sicile a eu aussi des œuvres de ce genre, composées sous une inspiration chevaleresque. M. Pitrè cite un fragment en octaves où figurent Renaud et Angélique, et qui, au dire d'un vieux paysan, appartenait à un poëme sur les paladins de France. Un ancien livre où il est parlé de beaucoup d'entre eux, *I Reali di Francia*, est encore lu en Sicile par les chanteurs populaires, et l'un d'eux se vantait même de connaître le *Polci* (Pulci).

Quant aux *storii* dont nous parlions tout à l'heure, ils sont presque toujours aussi l'œuvre de poëtes de profession, mais paraissent avoir un caractère un peu plus populaire que les compositions dont nous venons de dire un mot. On les chante avec accompagnement de violon, de guitare, de sistre ou de triangle. Ce sont ordinairement des aveugles qui les inventent et les colportent. A Palerme, ces poëtes forment une société qui a ses lois et sa hiérarchie, et dont les membres, dès leur enfance, s'adonnent à la musique et à la poésie. Conduits par de jeunes garçons, ils parcourent les villes et les campagnes, improvisant sur des sujets vieux ou nouveaux, se rappelant les vers de leurs prédécesseurs, les modifiant, les intercalant à leur gré. Point de fêtes pour le peuple, sans ces Homères inconnus. Aucun événement intéressant pour leur pays ne leur échappe. Ils ont raconté l'inondation de 1851, comme leurs devanciers avaient raconté celle de 1666. Une tempête, un tremblement de terre, le choléra, deviennent pour eux la matière de chants avidement écoutés. Murat, Fra Diavolo, se mêlent, dans leur répertoire, à *l'Enfant prodigue*, aux *Rois mages*, à *Sainte Lucie*, à *Sainte Rosalie*. Pour beaucoup deces chants, la donnée est tout à fait italienne; pour quelques autres, elle vient d'ailleurs. Nous retrouvons là l'histoire, tant de fois redite, de Geneviève de Brabant; la légende, si répandue au moyen âge, du palmier auquel l'enfant Jésus ordonna d'abaisser ses rameaux, pour que la Vierge et saint Joseph pussent en cueillir les fruits. Nous retrouvons là encore un récit que le roi de Castille, don Sancho el Bravo, a mis dans son curieux ouvrage : *El libro de los Exemplos*, qui a fourni le sujet d'une *moralité* à notre vieux théâtre : *Du chevalier qui donna sa femme au dyable*, et dont les Allemands ont fait une ballade, l'histoire de cet homme ruiné qui obtient du diable la promesse de son assistance, en s'engageant à lui livrer sa femme. Celle-ci, emmenée par son mari, rencontre sur son chemin une chapelle, et s'y arrête pour prier la Vierge. Sainte Marie, voyant le danger que court la pauvre femme, prend sa ressemblance et sa place. L'esprit du mal reconnaît la Mère de Dieu et s'enfuit.

Quant aux légendes profanes, comme les appelle M. Pitrè, on pense bien que les bandits y ont un grand rôle; ils y ont même souvent un beau rôle. Ici, ce sont deux brigands qui s'enfuient de forêt en forêt, poursuivis par la haine d'un seigneur, dont l'un d'eux a osé aimer la fille. Là, un bandit erre de contrées en contrées, échappant à toutes les perquisitions. Ailleurs, deux frères, brouillés avec la société, et près d'être capturés par les soldats, préfèrent la mort à la perte de la liberté. Un chant est consacré à un bandit illustre qui se venge d'un seigneur, lequel s'était refusé à lui remettre une certaine somme. Nino Martino, le brigand en question, comme d'autres de ses confrères, se montre très-généreux envers les pauvres gens : avec l'argent qu'il vole il soulage des malheureux qui le comblent de leurs bénédictions.

Des poésies de genres différents, des chants religieux et moraux, des satires, des *contrasti*, complètent l'excellent recueil de M. Pitrè. Les *contrasti* rappellent les *débats*, les *tensons* de nos poëtes du moyen âge. Tel est le *contrasto : i Due amanti*, qui lui-même remonte à une fort ancienne chanson sicilienne, ayant pour auteur un poëte du treizième siècle, Ciullo d'Alcano. Les deux pièces ont une si grande ressemblance, que, suivant M. Pitrè, on peut dire qu'elles sont une même œuvre.

Les divers chants que j'indique trop rapidement pourraient fournir des citations intéressantes, provoquer peut-être quelques curieuses observations; mais il faut s'arrêter et mettre fin à un travail qui s'est allongé beaucoup plus que je ne le prévoyais. Il est loin d'être complet cependant, et il est probable que quand il paraîtra, de nouvelles publications italiennes seront venues s'ajouter à celles dont je me suis servi[1]. En effet, les amis de la poésie populaire au delà des Alpes montrent une très-grande activité, et, courant derrière eux, le critique essoufflé est tenté de leur crier :

> Vous marchez d'un tel pas, qu'on a peine à vous suivre.

Tout défectueux que soit cet article, je crois cependant y avoir donné une idée des derniers travaux dont la poésie populaire italienne a fourni les matériaux. Cette poésie, on a pu le deviner, est des plus riches, surtout dans les chants inspirés par de rustiques Béatrices. Celui qui lira ces derniers chants dans leur langue ne réclamera pas contre les paroles dont M. Lizio-Bruno a fait une épigraphe à son volume de stances éoliennes, et que l'Amour prononce dans l'*Aminta* : « C'est pour moi une grande gloire, et j'ai fait un prodige, en rendant les chalumeaux champêtres semblables aux lyres les plus savantes. »

> ..... E questa è pure
> Suprema gloria e gran miracolo mio
> Render simili alle più dotte lire
> Le rustiche sampogne...

Mais non, ces chalumeaux champêtres, pour parler le langage figuré du Tasse, ne sont pas semblables aux lyres les plus savantes : ils ont des sons délicieux; mais ils plaisent surtout, parce qu'ils ne rappellent ni la science, ni l'étude; parce qu'ils ont une harmonie qui leur est propre, et que les doctes lyres ne sauraient pas produire, fussent-elles pincées par tous les académiciens de la Crusca.

Août 1872.

[1] Nous n'avons pas pu profiter du deuxième volume des *Canti delle provincie meridionali*, dont la publication ne nous a été connue que quand cet article était terminé et déjà remis au *Correspondant*.

ERRATA DU PREMIER ARTICLE

Page 7, ligne 28, au lieu de : *ruella*, lisez : *vuelta*.

Page 8, ligne 3, au lieu de : *des innombrables poëmes à légendes*, lisez : *d'innombrables poëmes et légendes*.

Page 9, ligne 22, au lieu de : *Guerziou*, lisez : *Gwerziou*.

Page 10, ligne 4, au lieu de : *comme*, lisez : *connue*.

Page 11, à la note, au lieu de : *Froben*, lisez : *Proben;* au lieu de : *catalonischer*, lisez : *catalanischer*.

Page 13, ligne 13, au lieu de : *pen*, lisez : *par*; ligne 15, au lieu de : *Lazzamendi*, lisez : *Larramendi*.

Page 14, dernière ligne, au lieu de : *Auzolin*, lisez : *Anzolin*.

Page 19, note, lignes 9, 10 et 22, après *ci*, mettre un point d'exclamation; ligne 18, au lieu de : *curen*, lisez : *nur;* ligne 27, au lieu de : *Leutcher*, lisez : *Leute;* ligne 28, au lieu de : *se*, lisez : *so*.

Enfin partout le nom de M. *Damase Arbaud* a été imprimé Damase Arband, et celui de M. *Luzel*, Lurel.

PARIS. — IMP. SIMON RAÇON ET COMP., RUE D'ERFURTH, 1.

www.ingramcontent.com/pod-product-compliance
Lightning Source LLC
LaVergne TN
LVHW052031160826
845678LV00003B/1285

* 9 7 8 2 3 2 9 6 3 5 2 7 9 *